克瓦特探案集

⑦

飞牛袭击之谜

[德] 于尔根·班舍鲁斯 著

[德] 拉尔夫·布茨科夫 绘

徐芊芊/齐薇 译

汉斯约里·马丁奖

德国优秀青少年侦探故事小说奖

百花洲文艺出版社
BAIHUAZHOU LITERATURE AND ART PRESS

图书在版编目（CIP）数据

飞牛袭击之谜 /（德）班舍鲁斯著；（德）布茨科夫绘；徐芊芊，齐薇译 . —南昌：百花洲文艺出版社，2015.10
（克瓦特探案集）
ISBN 978-7-5500-1523-4

Ⅰ . ①飞… Ⅱ . ①班… ②布… ③徐… ④齐… Ⅲ . ①儿童文学-侦探小说-德国-现代 Ⅳ . ① I516.84

中国版本图书馆 CIP 数据核字（2015）第 221165 号

Author: Jürgen Banscherus
Illustrator: Ralf Butschkow
© Das Geheimnis der fligenden Kühe Ein Fall für Kwiatkowski. Bd.13 (2004)
© Der große Schlangenzauber Ein Fall für Kwiatkowski. Bd.14 (2005)
by Arena Verlag GmbH, Würzburg, Germany.
www.arena-verlag. de
Chinese language edition arranged through HERCULES Business & Culture GmbH, Germany
Translation copyright © 2015 by shanghai 99 Culture Consulting Co.Ltd.

江西省版权局著作权合同登记号：14-2015-0221

飞牛袭击之谜　克瓦特探案集⑦

〔德〕于尔根·班舍鲁斯　著　〔德〕拉尔夫·布茨科夫　绘
徐芊芊　齐薇　译

出 版 人	姚雪雪
责任编辑	王丰林　郝玮刚
特约策划	尚飞　杨芹
封面设计	李佳
出版发行	百花洲文艺出版社
社　　址	南昌市红谷滩新区世贸路 898 号博能中心 A 座 9 楼
邮　　编	330038
经　　销	全国新华书店
印　　刷	山东德州新华印务有限责任公司
开　　本	889mm×1194mm　1/32
印　　张	6.625
版　　次	2016 年 2 月第 1 版第 1 次印刷
字　　数	57 千字
书　　号	ISBN 978-7-5500-1523-4
定　　价	16.00 元

赣版权登字：05-2015-376

网址　http://www.bhzwy.com
图书若有印装错误，影响阅读，可向承印厂联系调换。

目 录

克瓦特探案集

飞牛袭击之谜

徐芊芊 译

今天早上我把我的那台电脑送到了维修

处。最近几天它不仅一直咳个不停，还老是发

出些怪声音。

我班上的法比安曾试着给它看病，但不看

倒罢，看后它咳得更厉害了。

"很明显，你的电脑得了流行感冒。"维修店的人对我开玩笑。

我可一点开玩笑的心情也没有。

"修好要多少钱呢?"我问他。

"一百欧元。"维修员没有多想就脱口而出。当他看见我的下巴已经掉到了膝盖上时，又赶紧补充道:"朋友，这可是友情价。"

一百欧元——这家伙疯了吧?

我从震惊中回过神来。"五十。"我还他道。

"一百。"

"七十五。"我让步道。

"九十。这个价格我可是看在你——克瓦特的面子上才给的。"

"八十。"

那家伙暗自思忖（cǔn）了一会儿，最后点点头："好吧，算你赢了。两天后来取你这个老爷匣子吧。"

然后我就出了店。

此时，我已回到了家，躺倒在我的床上。我喝了一杯接一杯的牛奶，脑子里的主意正转个不停：我怎样才能在后天之前弄到八十欧元啊。如果万不得已，我只能跟我妈申请预支三个季度的零花钱了……

前一阵我自己也像我的电脑一样筋疲力尽。秋风刚起树叶刚落的时候，我的心情就跟我前一次的德语考试成绩一样：很差劲。有一天中午我到奥尔佳的售货亭去，想买包新的卡本特牌口香糖，却被告知我那独一无二的口香糖卖完了。

"真是雪上加霜。"我叹了口气。

奥尔佳从柜台上递给我一瓶汽水。"你怎

我的肚子空空如也！

么了，克瓦特？失恋了？"

她最近对我恋爱方面的事情特别有兴趣。

可是我没谈恋爱，根本没有这回事。女孩子对

我来说太烦人。

"学校有什么不顺利的事？"她接

着问。

一月

二月

三月

四月

五月

六月

七月

八月

九月

"哈，学校！"吐出这两字的时候我做了一个甩手的动作。

奥尔佳看着我皱起了眉头，然后伸过手来把我的头发搅成一团。

"克瓦特，你得出去放松一下！一个星期的假期，没有小偷和骗子的日子——这就是你现在需要的药方！"

"度假？"我用鼻子直哼哼。

"我们没那个钱，奥尔佳。我妈不会同意的。"

"等等，先不着急，"她说，"我们来想办法。"

说完，她跑到她那辆车身亮得可以当镜子的老爷奔驰车旁，取出她的手机按了一个号码。

于是一个星期后，我就搭乘老牛式的慢火车到了美国。

我没骗你，这个地方的地名就叫作"小美国"。火车站只有一台自动售票机和一座

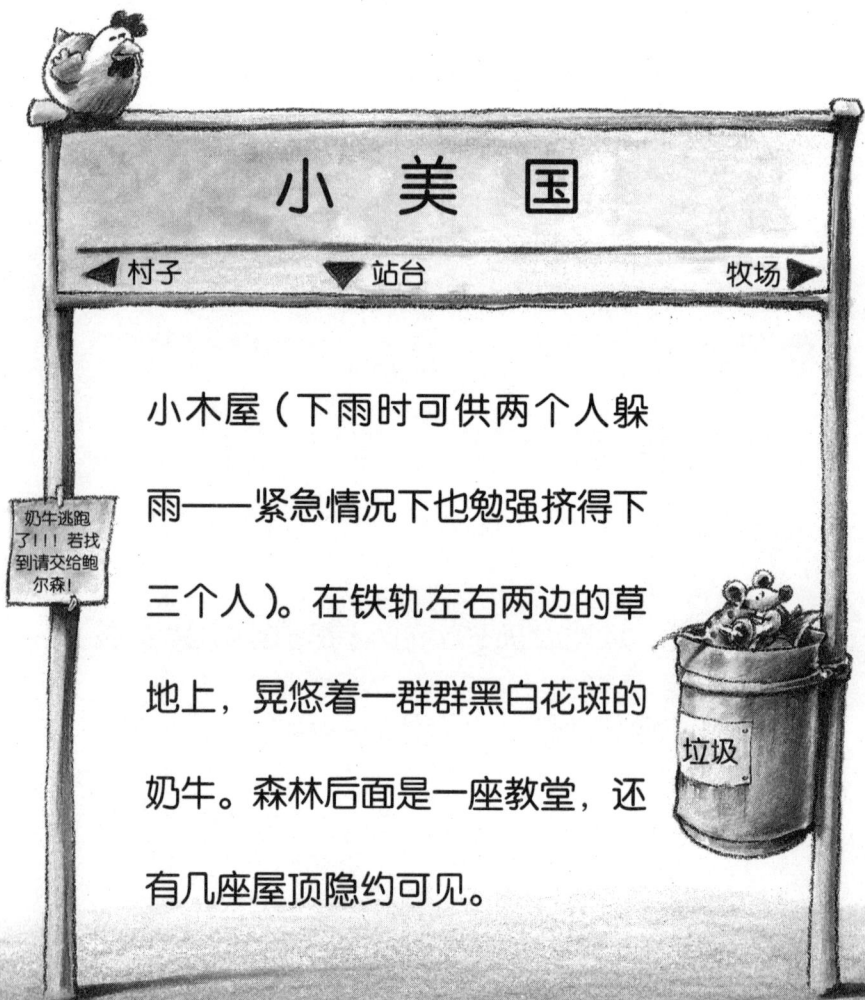

小 美 国

◀ 村子　　　▼ 站台　　　　　　牧场 ▶

奶牛逃跑了！！！若找到请交给鲍尔森！

小木屋（下雨时可供两个人躲雨——紧急情况下也勉强挤得下三个人）。在铁轨左右两边的草地上，晃悠着一群群黑白花斑的奶牛。森林后面是一座教堂，还有几座屋顶隐约可见。

垃圾

等火车奔向下一堆巨大的牛粪后，有个男人向我走来。他又高又壮，四方形的脑壳上戴着一顶又破旧又油腻得发亮的提洛尔式牛仔帽。

"你是克瓦特吗？"他问我。

我点点头并友好地向他伸出手。他重重地握住我的手，我立即感到整个人被他往下拉，都快要亲到他的脚了。

"我是拉斯。"他说。

说完，他就没其他话了，只是从我肩上取下那个沉重的背包，然后朝一辆停在自动售票机旁边的拖拉机走去。我一阵小跑才跟上了他的速度。

到了拖拉机旁，我爬到车上的两个临时座

位之一，这个座位直接安装在差不多一人高的

车轮上。然后拉斯启动拖拉机，掉了个头从牛

群边上经过，朝森林深处
开去。

这就是奥尔佳
的哥哥！简直难以相
信，他们两个根本就没什么
共同点。

我的朋友兼口香糖供应
商奥尔佳在打完那通电话后
告诉我，她跟拉斯讲了我的
情况后，他立即表示愿意在
秋假的时候让我去他那儿待
一个星期。

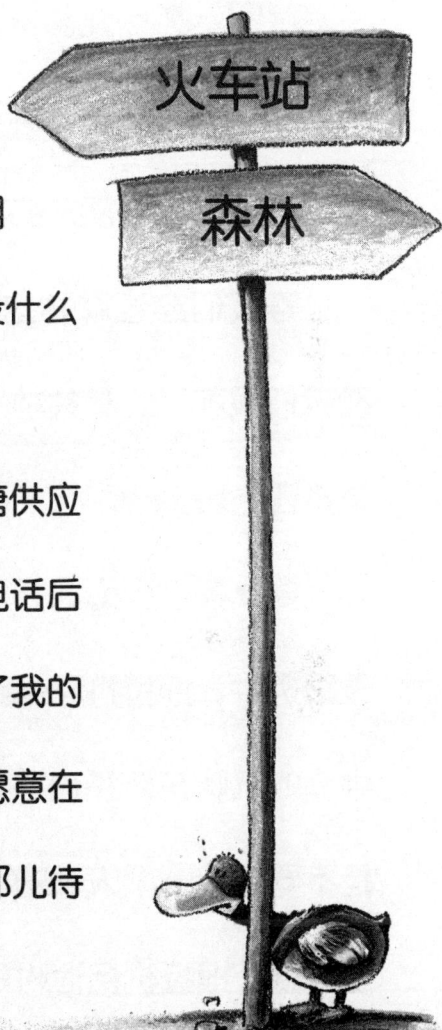

"他很高兴你能去他那儿。"奥尔佳对我说。如果这是真的话，那么这里的人迎接朋友的方式就有点古怪了。

等我们穿过森林之后，"小美国"就出现在我们眼前了。总共才三十座房子，围绕着教堂挤在一块。

要我在这个鬼地方挨过一个星期？让我每天跟奶牛、拖拉机和倔脾气的农民待在一块？牛粪的气味在鼻子边挥之不去？我妈妈刚开始是不同意我一个人来的，但奥尔佳最终说服了她。就在拖拉机拐上村子里的路时，我突然有点后悔，要是当初听妈妈的话就好了。

我们刚驶过几座房子，奇怪的事情就发生了。不知什么东西突然飞到了路上，天知道它是从哪里来的。拉斯来了个紧急刹车，我一下子撞到了他那宽大的后背上。

那一刹那，我仿佛有种撞上一棵大树的感觉。

"没事吧?"等我重新坐回座位后，他问道。

我还没来得及回答他，却被我们面前的路上躺着的东西给震惊了！原来是一头硕大的、蓝色的橡皮牛！

"这是怎么回事呀?！"我本要喊出这句，却惊愕得只能发出一连串"这……这……这……"的单音。

"哦……"这是拉斯对整个意外事件的唯一反应。此后，他操控着拖拉机小心地绕过这个橡皮牛，穿过"小美国"唯一的乡间十字路，最后灵巧地把它开进了狭窄的庭院大门。

还没等拖拉机完全停下来，就看见一个女孩朝我们奔过来。"我叫尤拉。"她自我介绍说。好在她没有像她父亲那样要把我的手捏碎。

就一个乡村孩子来说，眼前的这位小妞长得还真漂亮：金色的头发，蓝色的眼睛，而且一点也不像她爸爸那么粗壮。我在奥尔佳那里为假期储备卡本特牌口香糖时，她对我说："你会喜欢拉斯的女儿的。"

拉斯拖着沉沉的步子朝房子旁边的猪圈走去，尤拉把我带到了给我住的房间，在房子的顶楼。一路上我给她讲了橡皮牛的事。

"你知道这到底是怎么回事吗？"我想从她那里得到答案。

但是她摇了摇头："我也不清楚，克瓦特。

这里的人有时候有点怪怪的。"

第二天一早我就被一只打鸣的公鸡给闹醒了。那尖叫声就跟一只鸟被活生生地烧烤时发出的声音一样凄厉。我手表上的荧光数字显示才五点刚过。这鸡是不是疯了?! 要是照这样下去，我可不能保证我会做出什么事情来。

我非得把这鸟扔进锅里不可——反正，我

19

觉得公鸡们最后都逃不脱这个下场。好在这该死的鸡不久就停止了啼叫。它算是逃过一劫，我也重新睡了过去。

几个小时后，我被重重的敲门声重新叫醒。从屋顶窗子射进来的太阳光表明，此时太阳已经爬得老高，应该差不多快到中午了。

"什么事？"我打着哈欠问道。

尤拉把头探进房间。

"贪睡鬼，"她笑着说，"你妈妈打电话给你了。"

妈妈抱怨我昨天晚上没给她打电话报平

安。我跟她保证过的，可早被我丢到脑后了。

"都好吗？"她问道。

"一切都好。"我说。当然事实并非如此。然而要是我跟她说了实话，她肯定每天得往这里打三通电话。我可不想她那样。

打完电话，我坐到厨房桌边开始吃早饭，尤拉就坐在旁边的一个小板凳上瞅着我。还好她妈妈这星期不在，去照看她那生病的姐姐了，不然现在就有两个女人盯着我的碗看。

"有什么好看的吗？"我吃完第一个小面包，拿起第二个的时候问道。

"好看？什么事情？"她问道。

"看我吃饭。"我说。

"哦。"她做出恍然大悟的样子，然后问，"你开过拖拉机吗？"

我差点噎着。"拖……拖……拖拉机？"我结结巴巴地说道。

"要我教你开拖拉机吗？"她接着问。

"教……教……教我？"

尤拉大笑。"你这个从城市里来的，真是……"她迟疑了一下没说出来。

"真是什么？"我想知道。

她没有回答我，而是问道："你到底会些什么？"

我像在家时一样，吃完饭把碗碟收到洗碗机里去。"如果你硬要我说，那么，"我回答道，"我是个侦探，私家侦探。"

"我知道，你是名声响当当的克瓦特。"她说。

"奥尔佳姑姑常跟我们

24

提起你。你都会什么？"

　　我于是开始跟她讲我破过的那些案子。

从口香糖阴谋到失踪的滑轮鞋，从那只世

界上最大的狗沃塔到查姆帕诺马戏团……

可是我还没真正进入角色，她就打断我：

"除此以外你还会什么？"

"喂，听着!"我生气了，"我是一个最优

秀的侦探……"

"你会挤奶吗?"她又打断我问

道。我摇摇头。

"杀猪?"

"天哪!"

"镰刀会用吗?"

我又摇摇头。

她把额前金色的刘海

抚到一边。

"都得我来教你。"

她叹着气，从小凳上跳起来说道。

我突然觉得膝盖发软，问："还要杀猪？"

"如果你想学的话。"她回答，并且狡黠（xiá）地笑了两声。

尤拉把我看成了草包软蛋，她毫不掩饰这点。问题是从她的角度来看，也不是没有道理的。

就在同一天我学会了开拖拉机。尤拉很小的时候就会开了，因此她熟练得像个老手，而且她教起来也很有耐心。

就连我在倒车时把一棵桦树撞倒，后来又差点撞到大院门上时，她也沉得住气。

她只是说了句："只要多练习几次就行了。"她笑得无所忌（jì）惮（dàn），我却紧张得牙齿咯咯作响，以至于忘记了正确的换挡方法。

还好尤拉的爸爸一大早就去参加家畜拍卖大会了，要是让他听到拖拉机因操纵不当发出的噪音，肯定会不高兴。

来回试了几次后，我突然感觉好像有人在远处什么地方偷窥我练车。

可是等我假装无意间抬头打量院子周围

时，却除了鸡、牛和猪外，什么也没发现。

尤拉也很不安分，她话不多，却只做她自己想做的事情：要么站在猪圈的栅栏上往四米高的草堆上跳，要么狠狠地揍两下那只最不本分、老爱抢食的猪——好像没有什么东西能让她害怕。

所以晚上的时候，我把我的卡本特牌口香糖分给了她。要知道我一般只分给找我办案子

的人。

"很不错。"她赞许地说道，"是什么牌子的?"

"卡本特牌口香糖。"

"小美国这儿没有这东西。"她接着又说道，"我姑姑奥尔佳很喜欢你。"

"胡说。"我反驳道，却已经感到耳朵根开始发热。

"别伤她的心！"她嚷着，"她最近老说，要是你的年纪跟她差不多的话，她会嫁你的。"

幸好这时拉斯回来了。他在拍卖会上买了一头强壮的公猪，用来配种下猪崽。我们赶过去齐心帮他的忙——我和尤拉打开猪圈门并守住门口，拉斯把它拖拽了进去。

"好了。"等我们把栅栏门重新关上的时候，他只说了这一句。要是跟她爸比起来，那尤拉简直就要算个话痨了。

乡下的新鲜空气让我不习惯，以至于到了晚上，我总感觉人很累。当我正想带着这一日的许多新鲜见闻上床时，却发现在厚厚的羽绒被下有什么东西，几乎碰到了我的腿。

原来是一根牛尾！一根毛茸茸的牛尾被放在两根几乎一样长、已无血色的骨头之间！

我的第一反应是想大喊着从房间跑出去，还好我立刻想到，要是这样尤拉就更有理由把我当成草包软蛋了。

34

美味！
牛尾炖汤！

35

我于是极力克制自己，用手指尖拎着牛尾和骨头把它们放到衣柜的底下，再重新回到床上，并把一片卡本特塞到牙齿之间。

如果牛尾和骨头不是从窗外扔进来的，那么一定是有人悄悄进过了我的房间。会是谁呢？尤拉今天一整天都和我在一起，拉斯去买公猪了，那只能是某个陌生人了？

另外，他这样做的目的是什么？

虽然我累得不行，但也过了好一会儿才睡着。我本来是

到小美国来度假的，但如果有案子给我的话，

我也不反对。这样我才不至于生疏了我的老

本行。

这个晚上我睡得很死。要么是有人扭断了那公鸡的脖子，要么是我太累，连公鸡的鸣叫也没吵醒我。

第二天早上，我在猪圈那里找到尤拉。她刚给猪喂完食，正在水槽上方的猪圈墙上擦着手。

"跟我来，"我说，"我给你看些东西。"

等我们到了我的房间里，我把牛尾和骨头摆成昨天晚上我发现它们时的样子。

"你看呢?"我问道。

"看什么?"尤拉反问道。

"你知道这到底是怎么回事吗？"

她耸耸肩："我们村子里的人有时候是有点……"

"……古怪，这我已经听你说过，"我打断她，"你的意思是，小美国人欢迎外乡人的方式就是在他们的床上放牛尾和骨头？"

"不是。"她说。

"所以，"我说，"我再问一遍：会是谁干的？"

尤拉陷入了沉思。突然从她嘴里冒出个"哦"字，然后又什么话都没有了。

"什么‘哦’？"我问道。

"海纳，"她说，"一定是海纳干的。"

"谁是海纳？"

"我班上的一个男生。他也住在村子里。他爸爸是修理农具机械的。有可能是他想赶你走。"

"赶我走？为什么？"我很想知道。

这是自我见到尤拉后，第一次看见她的脸上泛起红晕。她脸红的样子还真好看呢。"嗯呀……"她吞吞吐吐的。

"他爱上你了。"我帮她说了出来。

"可能吧。"她说。

"你认为他这是出于嫉妒？"我说。

她点点头。

"那他怎么进来的？"我问。

尤拉笑了。"克瓦特，我们是住在乡下。"她说。

几分钟后我们就来到了一个叫作"彼得农具机械"的维修站。

从海纳父亲的口里我们得知，他不在这儿。海纳和他的朋友们踢球去了。尤拉知道他们在哪里。

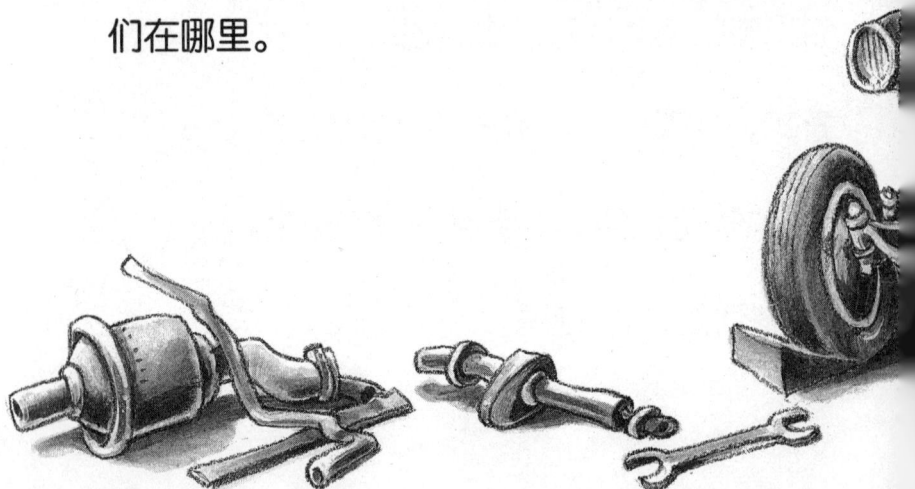

"跟我来。"她说。

我们在教堂后面的草地上找到了那帮男孩。

他们正二对二地玩着，球门是一个用来运输橘子的木板箱。

很显然，这里最近几周下了很多雨，所以草地上到处都是泥泞，踢球的四个人看上去就

像是刚在粪堆里打过滚的猪一样。

"海纳。"尤拉叫道。

其中一个个子最高的男孩转过身，慢慢地朝我们溜达过来。

他比我至少高一个头。要是他和我打起架来，我连赢的机会都没有。但是我希望这样的事不要发生。我讨厌暴力。

"这是克瓦特。"尤拉说。

我向海纳伸出手，但这家伙竟然装作没看见。"你好，"我对他说，"我只想在这里好好

地过个假期，可以吗？这样对我们两个都好。"

海纳把身体的重量从一条腿转移到另一条腿上，还是一言不发。他要么是听不懂标准德语，要么就是比尤拉的爸爸还要木头。

球门！

"你想用牛尾和牛骨头把我吓走，这肯定办不到。"说着，我又向他逼近了一步。我才不会怕这个什么海纳呢！

他总算出声了。但吐出的不过是"嗯?"之类的。

"不是你把这些东西放到我床上的吗?"我问道。

海纳用手指顶着脑门并转向尤拉："还号称是最有名的侦探呢，我看这家伙是没带脑子出来吧。"

他见尤拉对他的话没有反应，就耸耸肩朝他那帮朋友走回去，而他那帮朋友一言不发地把整个过程看在眼底。

46

我和尤拉一路无言地走回拉斯家的大院。

尤拉想了些什么我当然无法得知，但我可是气恼得不行。

一方面当然是生海纳的气，另一方面也生

我自己的气：表现得简直像个新手，对小美国的农民佬也太掉以轻心了；更糟糕的是让我在尤拉的面前颜面尽失。《私家侦探基本守则》里是怎么说的来着？如果没有证据，就把怀疑放在肚里！现在让海纳知道我对他起了疑心，他肯定会加倍小心的。

"哎，克瓦特?"不知什么时候尤拉先开了口。

"嗯?"

"海纳就是这个样子的。"我耸耸肩。

"在幼儿园的时候他就说要保护我。"她又说道。

"然后呢?"我问。

"他不会再骚扰你了。"她说,"我跟你保证。"

晚饭我们吃的是白菜肉丸和土豆,除了拉斯偶尔发出几声"哦"和"不会吧"之外,其他的细节就更无聊得不值一提了。尤拉和我都没说什么话。

等我要去睡觉的时候,拉斯突然问我:"怎么样?"

"您指什么?"这是我母亲教我的。她说如果到别人家里去做客,应该这么问,显得有礼貌。

"喜欢我们这里吗?"

"呵……"我苦笑了一下。

我在上床前,仔细查看了一下衣柜。那根牛尾和两根骨头不见了。这我倒不觉得奇怪。海纳不是我碰到的第一个想要销毁罪证的人。这家伙似乎比我想象的要聪明。

4 这片田归我！
拉斯

第三天，我们和拉斯一起去了庄稼地。那里划分田界的桩子倒了一大片，得重新竖起来。我十分好奇地问尤拉的爸爸，是否有人故意捣蛋而弄倒这些桩子。他只耸耸肩，算是回答了我。

到了晚上，风向发生了改变。小美国村庄的上空布满了乌云，我在毫无遮挡的拖拉机上冻得瑟瑟发抖。

我的棒球帽只适合城市，这里需要戴毛线帽才够暖和。

尤拉穿着T恤衫和薄外套，蹲在我旁边并吹着口哨。这种天气对她好像没有什么影响。

"你冷吗?"她问我。

我摇摇头，但是我的牙齿很不争气地上下打架，发出剧烈的咯咯声，惊得蹲在垄沟里的乌鸦都飞走了。

"爸爸!"尤拉向前喊道，"把你的帽子扔过来!"

"哦。"拉斯说着打开驾驶座旁边的杂物

箱，不一会儿飞过来一顶毛线帽子。

这帽子戴到我的头上刚刚好，看来我的头并不比拉斯的大方脑袋小。这可是我原本没有想到的。

"这样好些吗？"尤拉问。

我只是点了点头，估计要是没有这顶帽子，我嘴里的牙齿就剩不了几颗了。

在靠近火车站的那片田野边上，至少倒了二十根桩子。从拖拉机上下来后，拉斯手持一把很重的大锤，给我们示范如何抱住木桩好让他重新固定它们。他锤击的气力之大，好像要把它们完全敲进地里去似的。

在回去的路上，拉斯在小美国村唯一的一家店门前停下了拖拉机。

店门上方挂着一块招牌，上面的"薇拉售

货亭"字样已褪了色。我也下了拖拉机,想看看店里有没有计算机杂志卖。

我找了半天却连一本也没有找到,也许他们这里还停留在一切靠手写的时代。

当我朝店门口走去的时候,我不经意地抬起头往上看。

到今天为止,我也说不清楚为什么那一刻我会朝上看,总之,就在那一秒我看到一个带斑点的灰色大物体向我落下来。

就在最后一刹那我才反应过来,并往旁边躲闪,结果摔了个跟头而且屁股着地——只听一声巨响,一头大牛已砸到了下过雨的街上。它的头歪扭在一边,就躺在我几秒钟前还站着

的位置上。

这时尤拉也从拖拉机上跳了下来，她的脸色惨白。

"你还好吗？"她惊叫道。

我吃力地从地上爬起来，说："没事。"我没有说实话，其实我的右手肘疼得厉害，但我不愿意让尤拉又把我看成草包软蛋。

我指着那头牛，咕哝着："这该死的畜生差点害死我。"

尤拉跪倒在牛前面，敲敲它的头，又拍拍它的背——突然爆发一阵笑声："你自己来看，克瓦特。这根本不是一头真牛。"我也跪在她旁边，这时我才看清：是一头纸板做的牛！它的头上缝着毛毡，它的眼睛是缝上去的两个黑色纽扣，身体是用暗棕色的布料裹起来的。

"把它举起来。"尤拉对我说。

看到我犹豫的样子，她又喊道："快

点啊！"

于是我试着把牛举起来——原来它轻如羽毛。如果它砸到我，我的身上最多出现几个乌青块。

正在此时，拉斯也从店里出来了，他的手里拿着一双崭新的雨鞋。

"爸爸，你看。"尤拉对他说。

"哦……"

"这是在上次教会组织的儿童游戏中玩过的纸牛。"她说，"就是圣诞节的时候，你还记得吗？"

"哦……"

"有人想拿它砸克瓦特。"

"哦……"

拉斯再也没有说什么，爬上驾驶室启动了拖拉机。

他好像忘记了我们的存在，把我们丢在了雨中的小店门口。

"他有时有点……"尤拉开口道。

"……奇怪。"我接过她的话说。

等走回大院时，我们两个浑身上下都湿透了。尤拉只是吹干了她的头发，我去洗了个澡。我可不想在假期里患上感冒，更不想在小美国！

等收拾停当之后，我们在舒适的客厅里碰了头。

尤拉给我俩弄了热牛奶加蜂蜜，她盘坐在沙发里，一手捧着冒热气的杯子，一手正翻着一本杂志。

"对于之前发生的这些事，你是怎么想的?"过了一会儿，我终于先开口了。

她耸耸肩膀："肯定不是海纳。"

我喝了一大口牛奶，味道真不错。

"为什么你这么肯定?"我继续问。

"他今天一早就度假去了，大加那利岛。"她回答说。

"到……到……到大加那利岛去了?！"我结巴起来。这个消息把我的思路完全打乱了："那么到底会是谁啊? 你知道吗?"

"可能不是针对你的，"尤拉说，"也许那个纸牛刚巧从那里飞过。"

"刚巧?"我笑道，"自从我来到小美国，先有一个橡皮牛砸到你爸爸开着的拖拉机前，接着我的床上出现一根牛尾、两根骨头，今天又有人向我扔纸牛，所有这些事情摆在眼前，不可能是偶然的。"

"你讲得也有道理。"她咕哝道。

"村子里有人想赶我走，"我说，"他想吓破我的胆，然后让我自动消失。除此以外，没有别的解释。"

尤拉皱紧了眉头："但是他为什么要这么做呢?你怎么得罪他了，克瓦特?"

"我也很想知道啊。"

此时天色越来越暗，我还坐在客厅里苦苦
思索。可以排除海纳为嫌疑人的可能性，他现
在正躺在大加那利岛的某个海滩上。

也不可能是尤拉干的，纸板牛向我砸来的时候她正坐在拖拉机里。也不大可能是海纳的爸爸以及薇拉店里的其他人。现在只剩下拉斯一人了。

"住在售货亭上面的人是谁?"我问尤拉。

"薇拉姑姑，"尤拉说，"她是奥尔佳姑姑的姐姐。"

"也是你爸爸的姐姐。"我补充道。

这下解释得通了。在我到的那天，拉斯让别人把橡皮牛扔到街上，把骨头和牛尾放到我的床上对他来说也不是难事。那么那个纸板牛呢？肯定是他从他姐姐屋子的窗口向我扔下来的。可是拉斯为什么要这么对我？

也许他认为我来小美国度假另有目的？也许怀疑是奥尔佳委托我到他的农庄侦破什么案子？或者他有什么事情必须瞒着奥尔佳？等着瞧，我一定会查个水落石出。开拖拉机也许我不在行，可是作为侦探我一直都是一流的。

早晨我醒来的时候，外面天还很黑。雨点敲打着我床上方的天窗。侦探职业的特殊性要求我们应该经常在外面转悠，但也没有哪个侦探会喜欢浑身湿透、鞋子里浸满水。

　　另外，我的确有几分把握，不用在下着雨的今天跑出去。如果我没有搞错的话，这个案子的谜底就隐藏在院子里。

我又尝试重新入睡，但就是睡不着。我从房间出来在去厨房的路上，没有听到什么动静。拉斯和尤拉应该都不在家，我正好可以利用这个机会，对这座房子和院子进行一番彻底的侦查。

早饭后，我把一片卡本特塞进嘴里，然后就开始行动起来。

我从顶楼的储藏室到地窖，把所有的柜子、箱子、床底和松动的地板条下都看了个遍。

我找到了积满灰尘的鹿角、年代久远的报纸、铅皮玩具、两个老鼠骷髅、一顶牛仔帽和一些印第安人的饰物，但就是没有找到对我破案有帮助的线索。

最后，我穿过倾盆而下的雨帘，跑进了粮仓。

粮仓的门打开着，在一个犁和拖拉机挂斗后面有一线光亮。

我悄悄地靠近，并躲到挂斗和犁之间的缝隙里，从这里我可以清清楚楚地观察到一切，却不会暴露自己。

　　灯光是从粮仓地面一个四方形的洞里射上来的。那个用来盖住洞口的盖板正竖立在空中。两天前我和尤拉也来过这里，那时挂斗不是

正好放在现在这个洞的位置吗？我的心跳开始加速起来。每次在我预感到案子快要侦破时，我的心跳就会加快。

　　我悄无声息地离开我躲藏的位置，并小心翼翼地爬到地面的那个洞口处。

　　有一把梯子向下伸进一个类似地窖的地下仓库里，从我趴着的位置只能看到一小块铺了地砖的地面。

也许拉斯在下面秘密地关押着什么人？也许尤拉的爸爸是个拐骗犯，他怕我对他起疑而想用飞牛吓走我？

有一刻我想到要报警，但很快放弃了这个念头。小美国没有警察，如果他们从最近的一个城区派人过来的话，可能需要些时间，这对被拉斯关押的人来说太久了。

于是我壮起胆子爬到梯子上。

在我顺着梯子缓缓地往下爬的时候，它突然晃了好几下，我紧张得连心都提到了嗓子眼。爬到一半的时候居然还踩断了一格，吓得我贴在梯子上好几分钟都不敢喘气。

好在下面的人显然什么
也没有听见。

总算到达了地窖的地面，
我向光源处转过身去，竟发
现一个大大的意外。

在巨大地窖的一角正蹲着尤拉和拉斯，不
过在他们面前并没有手脚被捆的受害人，虽然
我曾这样担心过。

而是一辆摩托车！一辆老爷摩托车！拉斯
在给它的链条上油，而尤拉则用一块抹布用力
地擦拭着排气管周围。

"你们好。"我打着招呼并走近他们。

拉斯听到声音转过身来目瞪口呆。尤拉向

我笑了笑并继续擦她的排气管。

"好漂亮的摩托车。"我说。

"哦……"拉斯说。

"肯定有一定的年头了。"我说。

"哦……"拉斯说。

"肯定价值不菲。"我说。

这次拉斯没有接过话头，而是站起身来咕哝道："这下算给你逮住了，克瓦特。"

"什么？"我惊讶地问道。

拉斯在裤子上擦了擦油渍（zì）渍的手指，并对尤拉说："你到薇拉姑姑那里去拿几个我们烧午饭用的番茄，好吗？"

很明显，尤拉的爸爸要和我单独谈谈。

等尤拉走后，地窖里就只剩下我们两个。

拉斯走到摩托车前抚摸着它的油箱。

"一件老古董，"他说，"这一款如今世上只剩下十辆了。"

看我没说话，他又接着说："奥尔佳是个

老狐狸精！她把你塞到我这里来，就算准了如果我不想泄露这个秘密就不敢拒绝你。"

啊哈，原来问题在这里。"这辆摩托车是奥尔佳的。"我说。

"哦……我们的父亲三年前去世了，奥尔佳继承了这辆车。"

"而你对奥尔佳说，这辆车被偷了，是不是？"我一言中的。

"哦……"

"为什么？"

他用手指抚过把手："这辆车一直是我负责保养的，从我小时候起就归我管。但是我

父亲却让奥尔佳来继承这辆车，就因为她和他一样，有根老古董的筋——她恨不得把她那辆老爷奔驰车抱到床上一起睡觉！"

"所以你想用一系列的飞牛袭击案来摆脱我？"我说。

他点点头。

"那现在呢？"我问。

"告诉奥尔佳，她可以把她的这辆老古董车取走。至于你，可以在这里待到你的假期结束。"

"哦。"我说。

等我们顺着梯子往上爬的时候，我又问："到底是谁把那个蓝色橡皮牛扔到拖拉机前的？"

"不知道。"他回答说，"老实说，可能是哪个孩子干的。不过，我发现你着实受了不小的惊吓，然后我就想……"

"……可以用骨头、牛尾，还有纸板牛把我吓走。"我接过他的话头把句子说完。

他点点头。

"那尤拉是怎么想的？"

"她对此一无所知。"他回答说。

"不过，"我咧嘴笑道，"奥尔佳只是想让我到你们这里度假，没有其他的想法。"

在剩下的假期里，我在小美国过得很愉快。

我不但成为熟练的拖拉机手，还第一次独自一人给奶牛挤了奶！没有人帮助！

而且，一有空我就和尤拉一起到田里或者猪圈里帮拉斯干活。

拉斯依然是个寡言少语的人，不过我已渐渐习惯。

星期六下午，他俩把我送到火车站时，拉斯对我嘀咕道："替我向奥尔佳问好。"

"也替我向她问好。"尤拉说。

"明年你去我那里玩。"我对她说。

她点点头："一言为定。"

第二天我去了奥尔佳那里，并跟她讲了飞牛袭击案以及我在粮仓里的发现。

"拉斯向你问好，他说你可以上他那里去取你的摩托车。"

她把一瓶柠檬汽水放在我的面前。"但是我不想要。"她说。

"你不想要那辆古董摩托车?"我惊讶地问道。

"它一直都是拉斯的摩托车，"奥尔佳回

答说，"应该归他。我只是从来不相信它会被
偷。"我的脑子里突然灵机一闪，啊哈，原来
如此。"原来你让我上他那里去度假，是希望
也许我会碰巧发现摩托车的事，这样你也可以
弄清真相。"我说。

奥尔佳的脸红起来。

"嗯呀……也许……有一点……"她结巴道。

我一拳打在柜台上，震得柠檬汽水瓶子在空中跳了一下。"你哥哥说得对！"我喊道，"你真狡诈！你得付双倍的佣金！"

"十包卡本特？但是克瓦特……"

"十包卡本特，要么我再也不是你的朋友了！"我叫道。

她颇有负罪感地把口香糖推到我的面前。"尤拉呢？你跟她合得来吗？"她问。

我点点头："我跟她处得很愉快，明年她

84

要到我这里来玩。"

奥尔佳脸色发白，说："你陷入爱河了，克瓦特。"

我喝完了柠檬汽水，并把一片卡本特塞入牙齿间。

"是你让我去小美国的啊……"

克瓦特探案集

魔 球

齐薇 译

　　两个星期前，我十岁了。生日前的那一

夜，我异常兴奋，说什么也无法入睡。十岁就

成了无所不能的卡莱·布鲁姆奎斯特[①]，这简直

令人不可思议！

　　可是，第二天早晨，一开始一切都和以往

————————

① 　卡莱·布鲁姆奎斯特：瑞典儿童文学大师阿斯特丽德·林格伦笔下的同
　　名小侦探。

没有什么不同。我穿衣服时，妈妈亲吻我的唇，给了我一个特别潮湿而响亮的吻。

像每年过生日一样，早餐桌上立着一根蜡烛，蜡烛上点缀着粉红色的心形图案，可可和巧克力糕点也摆在了桌上。

通常，我吃过两小块糕点，喝掉半杯可可后，才能得到妈妈送给我的礼物。妈妈说，她

不想让我在过生日的这一天饿着肚子去上学。

可是，我想这只不过是个借口。也许她想借机制造一些令人期盼的气氛。她知道我对礼物非常好奇。

当然，等待是值得的。我得到了一件私家侦探的特制背心，背心上至少有十七个口袋。此外，我还得到了一双鲜红色的运动鞋，学校里的每个人都会羡慕我这双红鞋的。

"满意吗？"妈妈说着就捋（lǚ）了捋我的头发，结果把我的发型都弄乱了。这是我为了庆祝生日用了一大块发胶而做出的造型。唉，有什么办法呢，什么时候妈妈才能明白，她不应该在我的头发里找东西呢？

"怎能不满意呢!"我兴高采烈地说。于是,我套上了新背心,穿上了新鞋,并在背心口袋里装上了卡本特牌口香糖、笔记本、铅笔、放大镜,此外,还带上了一名成功的私家

侦探所需要的其他物品。这些东西装满了整整十七个口袋。现在，我准备离家去上学了。

可是，妈妈拦住了我。"你忘带东西了。"说着，她把两盒巧克力糕点塞进我的手里。

我们班从第一学年开始，谁过生日，谁就要给班里的其他同学带些生日礼物。起初是带最好的糕点、最好的水果糖、最奇妙的袋装食品。后来，不知道从什么时候开始，大家只想要巧克力糕点，大块巧克力糕点、迷你巧克力糕点、白色巧克力糕点、红色巧克力糕点……一句话，只要是巧克力糕点就行。所以，打扫卫生的阿姨不太喜欢我们班就不奇怪了。

"别忘了每人一块！"妈妈说。

"忘不了!"我说着就把那两盒巧克力糕点放到了地上,然后站在走廊的镜子前,试着把凌乱的发型整理好。

可是,妈妈还是没完没了。"爸爸来信了。"她说着从上衣口袋里掏出了一个信封。

"谁……谁……?"我结结巴巴地说。最

近几个月，爸爸总是打电话来。电话中多半是"你好吗""好""再见"之类无聊的问答。

信封里有一张生日卡。当我把生日卡打开时，卡片响起了《生日快乐》的音乐，妈妈的脸都变形了。老实说，我认为爸爸的这个主意没有任何特别之处。可是，至少今年他还记得我的生日。去年他把我的生日忘得一干二净，当时我非常生气。爸爸写的信和那些不动脑筋的人写的一模一样："你现在是个大孩子了，我常常想你，今天是你的生日……"信直到结尾才变得让人有所期待。"生日卡中隐藏着一个秘密。作为一名侦探，你一定很快就会找到它。生日快乐——爸爸。"

当然，我马上就行动起来了。

爸爸没有说错，我很快就明白了该秘密的奥妙所在。我只需把生日卡用某种方式折弯，那个藏着重要东西的地方就自动打开了。在那隐秘处，我发现了一张折叠着的五十欧元。五十欧元——爸爸还从未给过我这么多钱呢！

尽管我穿着这双红色运动鞋走得比以前穿着任何一双鞋都要快，但是这天早晨我到校还是太晚了。同学们等巧克力糕点已经等得不耐

烦了。如果班里有人过生日的话，一刻钟后，教室里就会遍地狼藉。搞卫生的阿姨可就惨了……

在回家的路上，我经过奥尔佳的售货亭。

我在她那儿买了自己最喜爱的口香糖。奥尔佳

知道，我吃口香糖是为了思考案情。

所以，一般她都有些存货。与爸爸不同的

是，她从来都没忘记过我的生日。

这天她还立刻向我
伸出双手。"祝你生日
快乐，克瓦特！"她喜
形于色地喊道，"再过
几年你就可以结婚了！"

"嘘！"我提醒她小声点，并且回头四顾。
幸好没有人听见她的话。不然我一定会感到难
堪的！

"等一下！"她说着就在售货亭里消失了。
然后，她从柜台上推给我一个小包裹。

像去年和前年一样，包装纸仍然是绿色
的，上面也还是小熊图案。哎呀，我都十岁

啦！包装纸上应该印上一级方程式赛车或者太空火箭嘛。

打开礼物后，我就与奥尔佳和解了。不过，她真是一点也没多给：我今年的生日她送给我十小包口香糖，一岁等于一包。

"你的要求实在是太高了，克瓦特！"她一本正经地说。

"佳佳！"我语速飞快地打断了她，为了让她不再难堪，我将包装纸塞到她的手里，把卡本特牌口香糖装进了裤子口袋。这时，我的手碰到了那张五十欧元的钞票。可能是早晨我急着出门，顺手就把它塞到裤子口袋里了。如果我愿意的话，可以用这些钱买五十小包卡本特牌口香糖。这主意不错！可是，我还有更好的打算。

"你今晚有空吗？"我问奥尔佳。

"为了你，我什么时候都有空，亲爱的。"

"我想邀请你和我妈妈。"我说。我没理会

她说的"亲爱的"这个词。反正对她这一点我已经习惯了。"我们七点在吉奥凡尼①那儿见面，怎么样？"

"你……？你想请我们……"奥尔佳叼上一支香烟，但是，像往常一样没有点燃，"你有那么多……你能……"

"……能付款吗？"我打断她，"我能。放心，我有钱。"

"还是我们邀请……我的意思是……吉奥凡尼可不便宜！"

我坚定地摇摇头："你和妈妈，是我最好

---

① 吉奥凡尼是克瓦特最喜欢的一家意大利冰激凌店的老板。（见《克瓦特探案集③：神秘的面具》）

的朋友。爸爸在我过生日
时给我钱了。一言为定！"

奥尔佳鞠躬表示感谢，
并说："这是我的荣幸。"

就这样，几小时后，我们就坐在了吉奥凡
尼那儿——多罗米提冷饮店。妈妈看起来和往
常一样，她上身穿了一件柔软的套头毛衣，下
身是一条黑色牛仔裤。倒是奥尔佳为了今天的
庆祝穿戴得格外靓丽迷人：她头戴金黄色的发
带，身穿大开领的碎花连衣裙，脚踩一双让她
步履维艰的银色高跟鞋。

吉奥凡尼看得目不转睛，向奥尔佳频频暗

送秋波，直到他的妻子忍无可忍，终于揪住吉奥凡尼的衣领，一把把他拽到了冰激凌柜台的后面。

"我一直想知道，克瓦特！"奥尔佳说，这时她的阿马来纳樱桃冰激凌满满一杯上了桌，"你到底是怎样当上侦探的？"

妈妈用小勺捅着她的史帕盖梯冰激凌[①]，说："我更感兴趣的是，你到底什么时候放弃这项工作。"

尽管我的侦查工作卓有成效，可是，妈妈从来都不愿意我从事这项工作。她认为这影

_____

① 史帕盖梯冰激凌：一种做成意大利面形状的冰淇淋。

响学习——在某种程度上，

她说得倒也没错。

"你想知道这一切是怎

么开始的，是吗？"我一边

说，一边双手合拢放在肚子

上。肚子看起来和平时有点

儿不一样。

至少有四个柠檬球和四个巧克力球被我吃

下了肚。"啊，是这样开始的……"

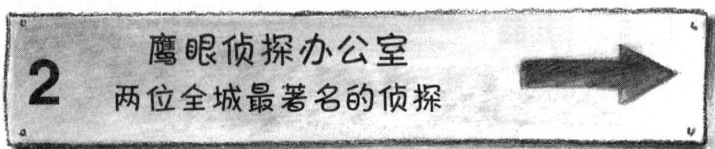

与市内的大多数私家侦探不同，我完全是独自单干的。但几年前还不是这样。

那时，我有一个朋友。哦，迪特尔不仅仅是朋友，他更像是我的一个双胞胎兄弟。我们喜欢同一系列的连环画册和同一款的汽车。我们连讨厌的饭菜和电视节目也完全一样。不仅如此，我们两人对一切有关偷窃、绑架和欺骗的案子都倍感兴趣。

忘了是哪一天，我们用零花钱买了第一

我们是最棒的！！！

个侦探箱。几个月后，
我们决定成立"鹰眼
侦探办公室"。

我们将成为世界
上最有名的侦探，对
此，我们毫不怀疑。

夏洛克·
福尔摩斯

然而，在我们都期盼着这一天早日到来时，却发生了这样一件事，仿佛一刹那，整个世界都停止了。

　　那是一个下雨的星期五。我早上去厨房时，看到妈妈坐在窗前哭泣。我几乎从未见过妈妈哭，最多也就那么一两次。因此，我快步跑过去，抱住了她。"妈妈，出了什么事？"我问道。

　　她抽泣着，带着浓浓的鼻音说："爸爸走了。"

我看了一眼橱柜边上的钟。"他是该这时走啊。"我说，"他必须八点钟到办公室。你就不必号啕大哭了吧。"

她擦了擦眼泪，再次带着浓浓的鼻音嘟哝着说："他再也不回来了。"

"永远也不回来了吗?"我问道，心里一点儿也不明白，这到底是怎么回事。

昨天晚上，爸爸还和我道了晚安。他像往常一样祝我做个好梦，还在我的脸颊上响亮地亲了一口。他的一切都表现得像平时一样，别人看不出半点异常。

"永远也不回来了！"妈妈回答。

这一刻世界仿佛静止了，真的，它真的静止不动了。当那个短暂的瞬间过后，世界再次恢复了运转，然而，一切终已改变。当然，过去几周，父母吵架吵得很厉害；当然，他们的吵架和我也有关系。那么，我该不该偷偷溜走呢？

"为……为什么……天啊，难道他疯了吗?"我喊道。

"他有别人了。"妈妈小声说。

"别的女人?"

她点点头。

"他连我也不要了吗?"

"我不知道。"她答道。

我先不哭，以后再说。

我跑进爸爸的书房，先是推倒了放着文件夹和书籍的书架，接着推倒了写字台，然后推倒了椅子，又推翻了橱柜。要是妈妈不进来的话，我就会把所有的东西都从窗户扔出去，然后再去追这个卑鄙无耻的叛徒。起初，她无言地张着嘴，呆呆地看着我制造的这场混乱。

然后，她坐在一堆家具之间的地毯上，笑了起来。这让我很高兴，笑总比哭好。

"我得走了。"不知过了多久，我说道。

她站起身来。"要我给你写个请假条吗?"她问道，"如果你今天不想上学的话，就别去了。"

我摇摇头，说："我最好还是去吧，我走了。"

妈妈抱住我。"我们一起来对付他，我和

你。"她说。

"当然啦！"我说完赶紧走了。

我要是在这儿再多待一秒钟就得哭起来。

我不想这样，无论如何也不想。我不会为这

个……这个蠢蛋爸爸流一滴眼泪！

和每天早晨一样，迪特尔在下一个路口等我。他已经站在钟表店的雨棚下了。

　　迪特尔的父母不仅给他起了个可怕的名字，还十分关心他的穿戴，总是把他打扮得像一位新闻主播：没有一丝褶（zhě）皱的西装上衣、裤缝笔直的裤子、系鞋带的鞋、一丝不苟的分头。他总是打扮成这样到处闲逛，星期天甚至还系上个领结。每当我和他说起这事的时候，他总是说："难道谁喜欢破衣烂衫？！"

但是这天早晨，迪特尔的打扮全变了。头发像仙人掌的尖刺一样直立在脑袋上。而且，他没穿那条可怕的老爷爷式的裤子，而是穿了一条牛仔裤。他还脱掉了西装上衣，换上了一

我们从这里出发！

件显眼的绿色宽领口运动衫。老实说，那套新

闻播音员的行头看起来更适合他。

　　"你好！"我和他打招呼。

　　"你好！"迪特尔的声音听起来有些异样，

好像是从牙缝里挤出来的一样。

　　"我爸爸走了。"我说。迪特尔没有反应，

我继续说："他有了另一个女人。"

　　"我爸爸也一样。"迪特尔嘟囔着说。

　　他爸爸也是这样？这是不可能的事！迪特

尔在开玩笑吧。"你疯了！"

我喊道。

　　"这是真的。"他说，

"他昨天搬走了。"

"我爸爸是今天早晨。"我说。

"他们都是大坏蛋!"他说。

此后一路走到学校,我俩谁也没再开口。

在这种沉默中,我们完全能体会彼此的感觉。哈哈,有一个像迪特尔这样的朋友真是太好了!

两个月后,我和妈妈从市郊的连排房子搬到了医院附近的一套小公寓里。她在这个医院里找到了一份护士的工作。我们只带走了一部分家具,其他的东西不是送人,就是卖掉了。

几乎是同一时间,迪特尔和他妈妈也搬了家。紧接着,他就转学了。我们只能在周末见面。有时，我们相约下午在步行街碰头；有时，只是打打电话。总之，我俩在一起玩的时间比以前少了很多。

此外，还有些事情也变了：迪特尔对侦探的兴趣随着父母的分开也消失了。我一和他提到我们的"鹰眼侦探办公室"，他就会打哈欠。他似乎已经另有打算。他说，至于是什么打算，他不便透露。

一天早晨，妈妈对我说："迪特尔好长时间没来了。"

我看了看冰箱旁边的日历。真的——从上

次见面到现在已经两周了！那是星期六，我们看了场电影。迪特尔几乎一直默默无语。他只是说，他妈妈现在有了一个朋友。这个人刚刚搬进他家。

我问他，这个人到底怎么样，他只是耸耸肩。

"你们吵架了？"妈妈打断了我的思路。

"没有。"我答道。

"那发生了什么事吗？"她接着问道。

"不知道，妈妈。我真的不知道！"

在去学校的路上，我决定下午给迪特尔打电话并约他见面。毕竟，他还是我的朋友，不能让友谊就这样渐行渐远。

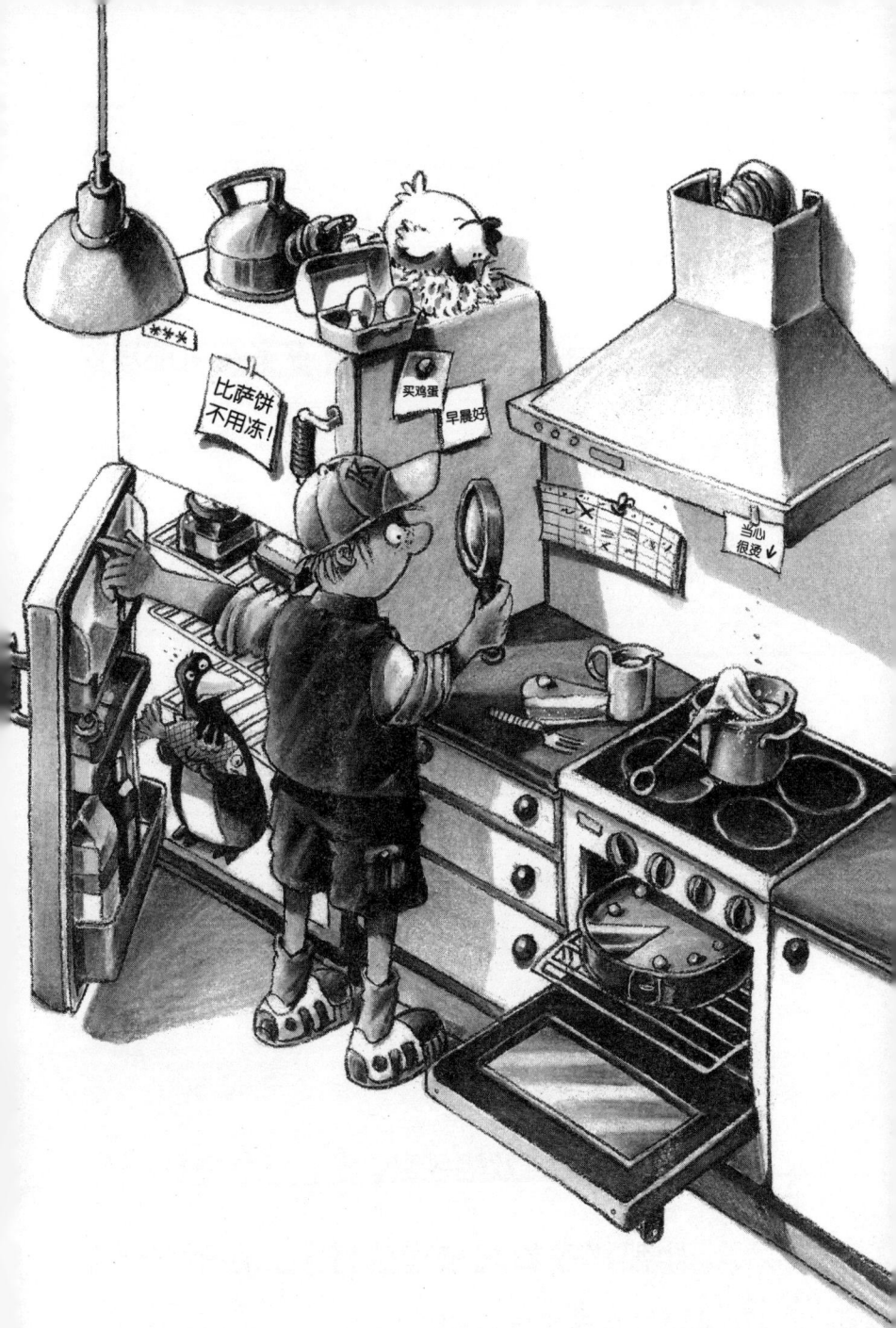

只是，一件偶然的事让迪特尔和我从此形同路人。

　　那天中午我离开学校时，在多罗米提冷饮店附近遇到了他。迪特尔又穿上了他常穿的那

套新闻播音员的

行头，还配了一双格子鞋。

　　他那样子看起来有些好笑。他不是一个

人，另外还有三个男孩陪着他。他们把帽檐压得很低，故意用肘或肩冲撞接近他们的行人。

"碰到你真是太好了!"我说，"本来我是要给你打电话的。"

一个男孩挤到我俩中间。"这个小家伙想干什么?"他充满敌意地问道。

迪特尔推开他:"别动他，麦克。"

“你今天下午还有时间吗？”当这个男孩退回到另外两个男孩中间后，我问道。

　　“今天下午？不行。”

　　“那周末怎么样？”我又问道。

　　迪特尔心急如焚地看了看手表。手表像是新的，至少，我从未见过。“给我打电话吧，行吗？”他说，“最好……”

　　“还有事吗，蛇？”一个男孩打断他的话，“我们得走了！”

　　“‘蛇’？”我吃惊地问，“他们为什么叫你‘蛇’？”

　　他笑了：“我本来就叫迪特尔·施朗①啊。

_____

① 在德语中，“施朗”的发音和“蛇”的德语发音很像。

126

施朗就是'蛇'——懂吗？"

"懂了。"我嘟哝着说。奇怪的是，怎么会有人给别人取这个绰号呢？好吧，反正我无所谓。

"我会给你打电话——蛇。"我说。

他拍拍我的肩膀："听起来不错，是不是？"说着他就追那几个男孩去了。

这个周末，我们没有见面。下个周末，下下个周末，我们也没有见面。

如果我给他家打电话，对方总是回复说"迪特尔在路上""迪特尔和朋友在一起""不在，我们不知道他在哪儿，过一会儿再试试吧"。

不知从什么时候起，我放弃了和他的联系。我几乎没有时间来思考，我和迪特尔的友谊到底怎么了。

因为，我们学校出现了第一批魔球。

自从我接手了魔球这个案子，我一下子变得比世界上任何人还要奔波忙碌，而我的侦查工作就这样开始了：我们班的塞巴斯蒂安在课间休息时朝我走来，他一句话都没说，就把我拽到了校园的一个僻静角落里。

在那儿，他张开手，一个蓝色塑料小球出

现在我的眼前。

　　"就是这个东西？"我问。

显然，我的声音有点大。

　　"嘘！"他要我安静下来，

然后小声问，"你也有吗？"

　　"你说什么？"

课间休息
时寂静的
校园角落！
嘘！

"看，多棒的魔球！"

我不由得笑了。那时，虽然我的年龄比现在小，但是我并不傻："这个无聊的东西就是魔球？"

塞巴斯蒂安点点头，说："好多人都有一个。"

显然，我没有察觉到这件事。

"这个球有什么用呢？"
我想知道。

"如果你妈妈煮
什么东西的话，你
把球放进去一起煮，
这时你就……下定

决心许个愿。"他对着我的耳朵小声说。

"然后我的愿望就能实现了?"我问。

他点点头。

"什么时候都可以?"

"不。只在圣诞节,或是在你过生日的那天。"他答道。

"好了,好了。"我有些厌倦地说,"我还是圣诞老人呢。"

塞巴斯蒂安这时真的生气了。"我过生日时,得到了一个电视,不是吗?"他喊道,"我爸妈此前曾发誓永远也不会给我买的。可是,我竟然得到了!而且还带 DVD 播放器!魔球真的具有魔力。你在我这儿看到了吧!"

"在哪儿能买到这个东西?"我问。

"放学后,几个男孩会到自行车停放处等着。如果想买,我就带你去见他们。他们一个魔球卖十欧元。当然,一个魔球只能灵验一次。然后你就必须再买个新的。"

"那当然!"我说。我的脑海里思潮起伏。很久以来,我和迪特尔就在期待着一个案子,有了案子,我们的侦探生涯才能开始。

现在我们终于有了一个案子，这就像天上掉下来的馅饼！

其他人可能会相信这个骗局，但是，我非常确信这件事情一定是有人在行骗。

十欧元一个球——这可是一大笔钱啊！

如果迪特尔听说这件事的话，肯定会参加调查的。这样，也许我们的侦探工作室……

妈妈中午不在家，所以，我可以充分利用这个时间，想干什么就干什么。我可以不慌不忙地给迪特尔打电话，无论聊多久也不会有人不停地催我去做作业。最近几天，我曾多次给他打电话，但就是打不通，可是，这次我很幸运。

"我给咱们找到了一宗案子，"我说，"是一宗真正的大案子。"

"啊哈！"他只说出这两个字。

"和我一起干吗？"我问。

"不了。"

"为什么？"

"我有了更好的计划。"他回答。

"是 什 么 计 划？" 我 想

知道。

"这和你无关。"

说完他就把电话挂了。

我举着听筒的手久久难以放下。此时，我的耳边仿佛有人对我说：再见！迪特尔变成了"蛇"，你失去了一个朋友，事情就这么简单。

发生这样的事情，我本以为自己会很伤心，会痛不欲生。但是，我没有，就是有，也只是一点点。我满脑子想的都是案情，这事无时无刻不萦绕在我的脑际。

3

早上好！我是您会说话的温度计。您的体温目前是 38℃。谢谢您的使用。报告完毕……咔咔咔！

第二天早晨，我病了——至少妈妈这样认为。当她把我吻醒时，惊慌地喊道："你烧得很厉害！"

"瞎说。"我说着就要起床。我的第一个大案正等着我，我没有多少时间可以浪费。也许，我只是有点怯场。

可是，妈妈又把我按回枕头上。她的体重大约有七十公斤，肌肉强壮得就像阿诺德·施瓦辛格。好吧，反抗她，就凭我二十七公斤的体重，门儿都没有。

"你给我老老实实地躺在床上。"她很强硬地说。

温度计显示，我的体温才 38 摄氏度。"好妈妈，"我说，"我想上学啦。"

她吃惊地扬起眉毛。自上学以来，她还从未听我说过这句话呢。

"你真的想去上学?"她疑惑地问。

"真的。"我的眼神不自觉地流露出猎狗般的目光。

她考虑了一会儿，接着又摇摇头。"你不能去上学。"她坚定地说，"你今天得乖乖休息一下，明天病就会好的。"

"还有什么事吗?"我问，"你得上班了。"

"你自己一个人行吗？"她反问我。

"我又不是小孩子！"

她摸了摸我的头发："你确实不是小孩了！那好吧，就这样吧。但是，我会每小时给你打一次电话，好吗？今天下午，我最晚两点

回来。"

"好的，妈妈。"

她去厨房给我拿来茶和烤面包片，把电话放在床旁边。几分钟后，房门砰的一声关上了。反正这时我对魔球这个案子也做不了什么。现在，除了我，大家都在乖乖地上课，所以我干脆睡一会儿。本来嘛，在床上赖上一整天也不是什么坏事。我想好了，以后时常让自己这样享受一下。

我不知道什么时候睡着了，直到电话铃声把我吵醒。是妈妈打来的。"你感觉怎么样?"她问道。

"很好。"我睡意朦胧地喃喃自语。

"还发烧吗?"

我摸摸自己的额头,觉得额头冰凉冰凉的:"不烧了。"

"就算这样,你也要乖乖躺在床上。知道吗?我会再给你打电话的。"说完她就把电话挂了。

我吃了几片烤面包片,喝了些妈妈沏的所谓的感冒茶——但我感觉这种茶淡得像是冲茶的水——就起床了。我确实感到有些站立不稳。但是,我觉得这只是因为在床上躺得时间太长了。我来到客厅,坐在舒适的沙发椅上,打开了电视。

十二点，妈妈第四次打来电话，她要亲自确认一下，我是不是还活着。她来电话之前，我已经做好了外出的准备。她挂了电话之后，我立刻冲出房门，径直朝学校飞快地跑去。

我隐藏在自行车停放处后面的灌木丛里。尽管别人看不到

我，但我却处在喧闹的同学们中间。如果在这儿进行所谓的魔球交易的话，我肯定能看得清清楚楚。

我刚在树枝和树杈之间找到有利的位置，学校的放学铃声就响了。在学生们冲出校门之前，三个带着滑板的男孩已经站在自行车停放处了。可是他们的脸看不清楚，因为，他们把棒球帽的帽檐压得很低。

这时，校门打开了，校门前的空地上，一群学生顷刻间蜂拥而至。一个头戴棒球帽的男孩把两根手指塞到嘴里吹起一声口哨，声音大得都快把我的耳朵震聋了。像是得到了什么指令似的，很多学生都扭头跑向那三个男孩。在匆匆忙忙跑来的男孩当中，就有我们班的塞巴斯蒂安。

"来一个新的。"他说着就从钱包里拿出一张面额十欧元的钞票。

一个男孩接过钱，把手伸进鼓鼓囊囊的裤子口袋，摸出一个魔球，塞到塞巴斯蒂安的手里。交易就这样反复进行着：钱——魔球，钱——魔球。

孩子们的钱到底是从哪儿来的呢？我知道，大多数孩子一周只能从父母那儿得到不超过两欧元的零花钱。难道他们省钱就是为了这样胡闹吗？

当最后一名学生离开后，那三个男孩拿起滑板正准备走。这时，我从灌木丛中爬出来，追上他们。

"等一下！"我大喊道。

那三个人转过身来。我还是看不清他们的脸，可是我有种感觉，像在

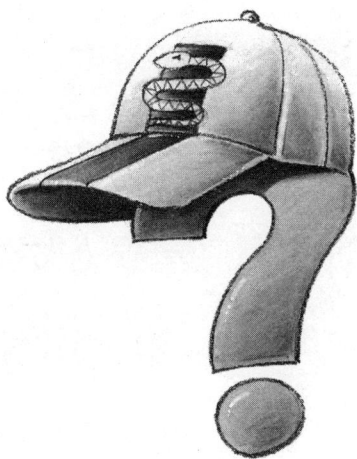

什么地方见过他们。

"你想干什么?" 三个人中最大个的问道。

"你们卖魔球吗?" 我问。

这三个人面面相觑（qù），但什么也没说。

"我也很想买一个。"我说，"只是……"

"只是什么?"

"只是……好吧，只是我不知道，我是不是能买。"我解释道。

那个大男孩抚掉我衬衫上的一根小树枝，可能是藏在灌木丛里时树枝挂在了我的衣服上。真讨厌，我得小心点。但愿这三个

146

家伙别起疑心!

看来我的担心是多余的。

"一个魔球十欧元。"男孩说,"你明天带钱来买吧。"

"十欧元。"我喃喃自语地说,"这实在太贵了!"

这三个家伙笑了:"如果你想得到一台名牌游戏机,而且是通过魔球得到的,那十欧元

可就太便宜了。"说完他们就走了。

我悠闲地走在回家的路上。离妈妈一小时给我打一次电话的时间，还有半个小时。同时，我感觉有些疲惫了。也许，有个愚蠢的细

↑ 血液循环

菌误入了我的血液循环。

当我从一个售货亭路过时——这个售货亭就在离我住的那条街不远的一个路口旁

边——突然之间，我非常想嚼口香糖。

一直以来，我只喜欢喝牛奶，对口香糖我从未有过热情。此时，售货亭的柜台里探出一个身形肥胖的女人，她朝我露出友好的微笑。

"你要买什么？"她问。

"一小盒口香糖！"

"什么牌子的？"她接着问。

"什么牌子都行。"

她把一小包口香糖放到柜台上："这是卡本特牌口香糖。没有比这更好的了。"

"这一小包多少钱？"

"一欧元。"见我有些犹豫，她继续说，

"吃过之后，你再也不会想吃别的口香糖了。"

我把最后一欧元放到柜台上，刚想走开，她拦住了我。

"你叫什么名字？"她问。通常，这时我只会乖乖地说出我的名，而不说出姓。但是，历经半个小时的侦查工作，我已经成为一名真正的侦探了，就像夏洛克·福尔摩斯或者卡莱·布鲁姆奎斯特一样。一个真正的侦探需要一个特别的名字。

"克瓦特！"我终于开口了。

"克瓦特？"她问。

"克瓦特！"我说，这是我的姓，因为这个名字很特别，又有些绕口，所以我特别喜欢。"就是克瓦特，就这么简单。"我又说一遍。

她把手伸给我。"我叫奥尔佳。"她说着就笑了起来，并且继续说，"就叫奥尔佳，就这么简单。"

和她告别之后，我往嘴里塞了一块口香糖。起初，这口香糖的味道与其他口香糖没什么两样。可是，不一会儿，我感觉浑身的疲劳全部消失了，四肢又充满了力量。此外，我的头脑也清醒了，而且是从未有过的清醒，脑子里好像被人揭开了一层厚厚的帷幕。我最好还是原地返回，当面向奥尔佳致谢，感谢她给了我一个极好的建议。我看了一下手表，没有时间了，我必须十分钟内赶回家。如果我赶快的话，正好来得及接妈妈的电话。

我就这样认识了奥尔佳。班里的男孩要是看见我和她在一起的话，他们就会笑话我。

他们根本不知道，没有奥尔佳，就没有今

天成为侦探的我。她是世界上最聪明的女人，尽管有时她装作连三都数不到。

没有卡本特牌口香糖，我就不能思考，不能计划，不能侦查。此外，这种口香糖还能帮我排解无聊，对付好骂人的妈妈，应付不讲道理的老师，是的，它还能让我遇事不再恐惧。每个侦探都有恐惧感——不管他承认还是不承认。

　　妈妈已经站在家门口等我了。我做梦也没

想到事情会这样。按照她的工作表，这时她应

该还在医院里。

　　"你知道吗，"我开始说，"我急需……"

我还没把话说完，她就一把抓住了我的手臂。也许，她的肌肉不像阿诺德·施瓦辛格那样粗壮有力，但是，她的身体像他一样粗。

"你不能这样随随便便地跑出去！"她开口骂道，"你到底想干什么？"

"我急需……"我第二次试图把话说完。

她气冲冲地再次打断了我："我以为，你一定是在床上乖乖地躺着，于是我就给你打电话，可就是没人接，原来你跑出去到处闲逛了！"

"我急需一包口香糖。"哈利路亚，我终于说出了这句话。

这下妈妈放开了我。"你要是一开始就把

这事告诉我就好了。"她自言自语道。

我笑了："我是想啊，妈妈。"

她拂开我额头上的头发。"下次有需要你应该给我打电话。"她说，"你知道吗，你实在是把我给吓坏了！"

"好的，妈妈。"

"或者，至少你应该写个字条给我。"她继续说。

"好的。"

"现在去睡觉吧。"

"我一定得去睡吗？"

"你必须去睡。"

"那午饭呢？"

"我给你拿到房间来。"

第二天早上，我感觉像是重生了一样。这可能是因为卡本特牌口香糖的功效，也可能是妈妈的缘故。她像照顾婴儿一样细心地看护我。现在，我感觉力大如牛，甚至可以把树连根拔起！

也许，我不一定能拔起房前那棵大橡树，但是，我一定能拔起花园里的那棵小桦树。

妈妈在浴室里发出嘈杂的洗浴声，她肯定还得再洗一会儿。

我蹑手蹑脚地溜出去，沿楼梯而下，走进地下室，从工具箱里拿出了一把锤子。

回到房间后，我看准目标，一锤就把我那个小猪储蓄罐砸破了。这时，我发现里面的钱比我想象的要少很多，只有七欧元。这远远不够，我得向妈妈借点。其实，我根本不愿这样做。只要我向她借钱，她就一定要知道我借钱

干什么。

"借我三欧元行吗?"吃早饭时我问她,
"你可以从我今后的零花钱中扣除。"

"你借钱干什么?"她问。

我已经想好了答案。"买一个魔球。"我解释说。

"买一个魔球?"

我点点头。

令我惊讶的是,她直接把钱给我了——什么也没再追问。我把这三欧元和另外那七欧元一起揣进裤兜上学去了。

教室里,时钟的指针越接近中午十二点,我就越感到焦躁不安。

最后一节课，我们讨论有关食品健康的

问题。

一般情况下，我对这种论题会很感兴趣，

发胖食物！

160

但绝不是在今天。

我一直想着那三个卖魔球的家伙。

突然，老师提问我。

"十欧元。"我回答。这下全班可炸开了锅，同学们又是叫又是笑。

"我在问你吃饭时应该注意什么。"当大家平静下来之后，波科尼老师说。

我的脸一下子涨得通红。"对不起。"我说。

"你感觉不舒服吗?"老师问。

"不，我感觉很好。"我回答。

这时，下课铃声响了，我朝外跑去。那三个男孩真的已经站在自行车停放处了。像前一天一样，那个最大个的家伙吹了一声口哨——至少跑过去二十个学生。魔球生意看来越做越好了！

我排在最后一名，眼看着魔球一个接着一个有了新的买主。为了平息自己紧张的情绪，我把一块卡本特牌口香糖塞进了嘴里。它确实有效，不一会儿，我的情绪就平静下

来了。

终于轮到我了。

当一个男孩要从我的手里把钱拿走时，我把钱攥（zuàn）了起来。

"如果魔球不灵，怎么办？"我想知道，"还能把钱退给我吗？"

“到目前为止，魔球都是百用百灵。”最小的那个男孩回答说。

“球里面到底有什么东西？”我继续问。

“魔药。这是毫无疑问的，不是吗？”

我仍然紧紧地攥着我的硬币：“你们打开过魔球吗？”

这三个男孩摇摇头。

“那样魔球会失去魔力。”他们的头儿答道，“你想好了没有，到底买不买？我们得走了，其他的顾客还在等着我们呢。”

“那好吧。”我把钱给他，他将一个魔球塞

到我的手里。

　　"你们从哪儿搞到的魔球?"

在这三个家伙离开之前，我问。

　　"你这个家伙实在太好奇

了。"他们头儿说。然后，他们几个人就风驰

电掣般拐进了下一个街角。

到家后，我从工具箱里取出一把小锯子，开始对着魔球锯了起来。尽管我不相信这个球有什么魔力，但我还是小心翼翼。而且，我仍有点担心，万一从球里跑出个恶魔，咬了我的鼻子……

不一会儿，魔球就被锯成了两半。我把这两个半球放在写字台上，盯着它们的切面。我不知道自己在期待什么。但是，无论如何，我也没想到魔球里边是空的。我没有发现任何液体、粉末，什么都没有。这个所谓的魔球看起来甚至连某种特殊气体都没有，至少我没有闻到异常的气味。

我还没来得及把两个半球藏起来，门就开了。妈妈走了进来。

"你在这儿鼓捣什么？"她好奇地问。

"哦……"

她双手同时拿起了这两个半球："这就是魔球？"

我点点头。

"你为什么把它弄成了两半?"

"我想知道里边有什么。"

"有吗? 有什么呀?"妈妈问。

"什么都没有。"我回答。

"没有樟脑粉?"

我惊奇地看着妈妈。"樟……樟……樟脑粉?"我结结巴巴地说。

她把那两个半球放回到写字台上。"这是樟脑球。"她答道,"这种东西现在已经很少见了。为了这个东西你花了三欧元,是吗?"

"是 十 欧

白痴!!!
花十欧元买了
一个樟脑球!

元!"本来我想说的，但是，我没说出口。

妈妈这些年把我拉扯大，可不是为了让我花十欧元买个不带樟脑粉的樟脑球。

所以我说："谢谢你，妈妈。"

"为什么谢我？"

"你给了我很大的帮助。我现在已经是侦探了，你知道吗，私家侦探。"

"噢！"她笑了，"现在你想让那些卖给你'魔球'的人停止干坏事？"

"正是这样！"

她抚摸着我的头发，这次我还是很高兴的。"那就预祝你成功。"她接着说，"我去买东西，一小时后回来。"

5升
发胶

特大号

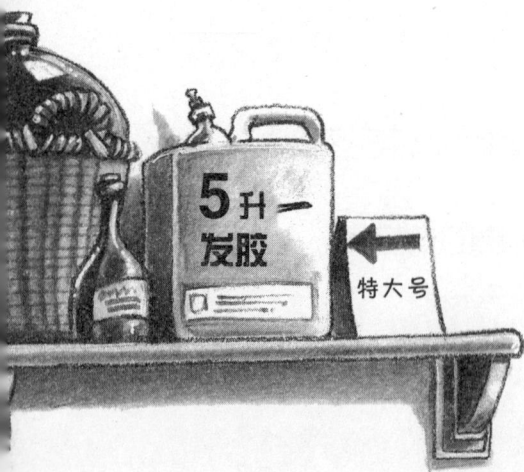

一天后，我因侦查工作来到了我家附近的

一家药店。

schick

加长型
牙签↓

手巾和
脚巾

肥皂

当我把锯成两半的球拿给药店的人看的时候，店员的回答令我非常吃惊。

"是的，我们店里以前经常卖这种樟脑球。"站在柜台后面的一个店员说，"这是一项特殊的专利。这种东西里的有效成分会随着时间缓慢释放。几星期前，我们还进过一批货。"

"几星期前?"我急切地问。我的大脑已经飞速地运转起来，甚至能听见嘀嗒作响的齿轮转动的声音。我知道，这表明离破案的时刻不远了。

与此同时，我不得不抑制住自己高涨的情绪，否则我早就蹦到柜台上去了。万能的卡莱·布鲁姆奎斯特，看来我也有一个灵敏的侦探鼻子！不然，我怎么会马上就找到这个与魔球有关的药店呢？

"那么，您是怎样处理这批货的呢？"我很想知道。

她好像不太确定。"我们把这批货退回去了。"她最终回答道。

这时，走过来另一位店员。"我们没退，"她说，"本来准备叫人来取的，可是货一下子就不见了。"

"被盗了吗?"我问。

"也许吧。"

"那么，您没怀疑过这可能是谁干的吗?"

两人摇摇头。

"你为什么想知道所有这一切?"两人中的长者问。

"我是克瓦特，一名私家侦探。"我回答。

这时，我突然感觉自己好像长高了十厘米，于是像个成年人一样地说了句："谢谢您的帮助。"

接着我出了药店。当我转过身时，那两个人还站在柜台后看着我。

也许，我是她们见过的最年轻的侦探。

我心满意足地嚼着卡本特牌口香糖，慢慢溜达着走回家。我现在知道该怎么做了。这时，即使破案的时间不得不往后推迟一下也没什么关系。

几天后，我发觉我的卡本特牌口香糖没了。这段时间，我已经嚼上瘾了，没了它，我就像个没魂的人一样。

奥尔佳的售货亭前排着长龙。我还有十分钟就上课了。如果我不想迟到的话，现在就必须让一切加速。

"你好，克瓦特！"当轮到我时，柜台后的那个女人向我打招呼。

哎呀，这个女人居然记住了我的名字。甚至，她的发音也相当准确！

"你好！"我说，"我要卡本特牌口香糖，但是……"我有些犹豫。

她笑了，说："但是你没钱，是吧？"

我点点头。

啊！看起来确实手头很紧！

她从柜台上推给我一小包口香糖。"没问题。"她说，"你下次把钱给我就行了。"然后，她仔细地看着我的眼睛。"你怎么了？"她问，"是不是太累了？"

尽管我真的没有什么时间了，但我还是把我的第一个案子讲给她听了。我也不知道为什么要把这件事告诉她，毕竟，我根本不认识她。

奥尔佳聚精会神地听我讲着。当我讲完了一切沉默下来时，她说："现在你想跟踪那几个卖魔球的人，对吧？"

"对。"

"如果他们不带你去他们的藏身之地呢？"

我耸耸肩："那我就得想新招了。"

她又从柜台上推给我一小包卡本特牌口香糖。"这是免费的。"她说，"为了确保你能阻止那几个男孩干坏事。"

"谢谢，奥尔佳。您真是太好了……"

"你这是……"她打断我。

"我怎么了？"

"没怎么。只是，你可以称呼我为'你'。"

她回答。

"是这样啊！那好吧——你太好了。"我说完就跑了。

放学后，我一路跟着那三个男孩。这是我侦探生涯中的第一次暗地跟踪。

我利用每一棵树、每一座房屋的大门和每一辆停放在路边的汽车作掩护。

那三个家伙带着滑板，悠然惬意，不慌不忙。这一天，他们把魔球至少卖给了四十个学生，随之而来的是心情盎然舒畅。他们一再停下来，互相拍打着肩膀玩闹。

不知什么时候，我们来到了一个死胡同，胡同里有一排破败的房屋。我还从未到过这个城区，机场可能就在这附近。

注意，开始办案了！

飞机紧贴着屋顶飞过，我下意识地缩了缩头。

我想谜底马上就会揭开！！！

当那三个男孩消失在一幢大楼里的时候，我躲在一个车库后边，思考着下一步该怎么干。像往常一样，我把一块卡本特牌口香糖塞进了嘴里。

不管从哪个角度来看，都只有两种可能：要么我在这儿等，看看他们的动向；要

是的，我也
感觉到了！

哎呀，我
也是！

现在一定扣
人心弦！！！

么——一想到这个，我的脊背从上到下冒出了

一股凉气——无论如何，我都想进到那座大楼

里面，去看个究竟。

　　我会在那儿找到破案的关键。关于这一

点，我从头到脚都感觉到了。

最终好奇心战胜了一切。我小心翼翼地走出车库的阴影，猫着腰向那座楼房跑去，里面藏着那几个男孩。大楼的房门开着，这样事情就简单多了。

我深吸了一口气，走进那座楼里。走廊里光线昏暗，什么地方有一扇窗拍打了一下，除此之外，这里一切都是寂静无声的。

我踮着脚尖悄悄地溜上顶楼，发现整幢楼都是无人居住的。房门四敞大开着，房间里所有的壁纸都被撕掉了，地板上有很多裂开的洞，好几面墙上满是涂鸦。

要是那几个男孩发觉我在跟踪他们呢？那样的话，他们是想利用这座楼把我甩掉？前边进，后边出？或者，这一切都是一个陷阱？

我蹑手蹑脚地往楼下走，屏住呼吸。我不想冒着被发现的风险。当我来到二楼时，忽然，我听见远处传来笑声和说话声。这些动静好像来自我脚下很远的一个房间。确实如此！直到我打开地下室的门，才能听清他们的每一句话。

"那些家伙确实蠢笨如猪！"我听见有人说。

第二个人说："他们真的都相信了！"

第三个人说："两天就赚了五百多！"然后，我听见有四个人哄然大笑起来。

四个？我怎么会听到有四个人呢？明明只有三个男孩走进这幢大楼！但是，我可以清楚地分辨出四种不同的声音。

不管接下来地下室里会发生什么事情，现在我只有一种选择：进攻！我顺着陡峭的楼梯悄悄地走下去，小心翼翼地向着声音的方向移动。

我稳住心神后，向拐角处窥探——我差一点惊叫起来：我跟踪的那三个男孩都窝在地下室的一个房间里，他们正舒舒服服地坐在一张长沙发上。

然而，迪特尔就坐在他们对面！我的老朋友迪特尔！他懒洋洋地坐在一个红色的皮沙发椅里，像电视剧里的匪首一样，耍弄着一捆纸币。令人不解的是，迪特尔为什么要与那三个人狼狈为奸！在我迅速而仔细地扫视过眼前的情景后，我发现在他和他的同伙之间的

这是老板↓

地上，放着一个装着樟脑球的大纸箱。

真讨厌，我该怎么办？报警吗？告诉迪特尔的妈妈吗？不行，尽管发生了这样的事情，但他毕竟曾是我最好的朋友。我必须认真考虑一下，该怎么做，才能既不必报警又不用告诉他的父母，却能迫使他们停止自己的骗局。只有疯子才会直接闯进那个地下室的房间，说："我全都知道了。如果你们不马上停止卖所谓的魔球的话，我就报警！"里面那几个家伙只会讥笑或痛揍我一顿，甚至有可能把我关起来，或者……谁知道还会发生什么事呢。

在那一瞬间，我忽然看见了一把钥匙。它是从外边插在门上的。

地下室
电灯开关
6号房

我以迅雷不及掩耳之势关掉地下室的灯，再关上门，并上了锁。过了片刻，那几个家伙才从震惊中回过神来。反正是好几分钟后，我才听见里面传来急促的呼吸声、焦躁不安的低声交谈声和用力晃动锁着的门的声音。

不知什么时候，迪特尔大喊大叫道："这是怎么回事？放我们出去！"

我没有心软。这四个家伙还应该静静地等

待一会儿，才能认清现状。

"这到底是怎么回事？"迪特尔再次吼叫
道，"你是谁？你想干什么？"

我一如既往地不动声色。我的大脑在快速
地思索着。现在，那四个家伙在我的掌控之
中——像我这样一个初出茅庐的新手能做到这
种程度，着实不简单啦！但是，下一步，我该
怎么办呢？我现在绝对不能出任
何差错，否则，一切
努力都将前功尽弃。

里面是四个骗子！

最后，我靠近门，尽量心平气和地说："你好，迪特尔，对不起——应该叫你'蛇'。"

"原来是你？"我听见自己从前的老朋友的声音，"你疯了吗？马上把门打开！你这蠢……"

"先把球扔出来。"我打断他。

"球？你疯啦！"

我后退一步："好，那我就叫警察了！"

我又听到里面有人在低声说着什么。然后，从门下滚出了大约十个樟脑球。

"箱子里还有很多呢！"我边捡所谓的魔

球，边说。

又一批球从宽阔的缝隙中滚了出来。

"还有。"我说。

"你这只蠢……"迪特尔不满地说。

我没让他把话讲完："你想想警察吧！"

球源源不断地从门底下缓缓

滚出，有两百多个。我回想了一

下自己在那个箱子里看到的数

量，觉得这差不多应该是所有的

球了。我脱下宽领口的运动衫，把樟脑球包起

来，拿到外面去。

我在路旁发现了一个渗水的破窨（yìn）

井盖，从破洞口可以看见污水在下水道中汩汩

地流淌着。

除了装进裤兜的两个球，其余的都让我逐

一扔到窨井盖的破洞里了。然后，我快速跑回

地下室。

这时，那四个家伙已变得狂躁不安。当他们听见我回来时，迪特尔高喊："你在哪儿？难道要让我们在这里待到发霉吗？"

"为什么不行呢？"我问。

"你到底想干什么？"迪特尔的声音带着哭腔，"你让我们干什么我们就干什么！"

"我要方便一下，等不及了！"一个家伙喊道。

"我妈妈在等我呢！"另一个声音响起。

这是些多么蹩（bié）脚的骗子啊！他们骗取小孩的钱，还在这里装腔作势，就好像自己是真正的匪徒一样。

可是现在又怎样呢？

此时此刻，他们吓得屁滚尿流，像裹在襁褓里的婴儿那样哭闹不休。

"好吧。"我说，"可以放你们出来。但是我有两个条件。第一，你们不能再骚扰我们学校的学生。"

"第二呢?"

"把钱如数退给他们。"我回答，"如果你们明天放学后不在自行车停放处出现，我就叫警察来对付你们。"

只听他们又交头接耳地商量了片刻，然后迪特尔说:"一言为定，开门吧。"

"你以为我是笨蛋吗?"我说。如果这四个家伙现在抓住我的话，谁知道在气头上的他们会怎么收拾我。不行，在他们离开那间简陋的地下室之前，我必须先跑掉。

我想到了一个好办法，我知道该怎么办了。我小心翼翼地把一份旧报纸从门下的缝隙推了进去。这份报纸是我在地下室入口处找到的。

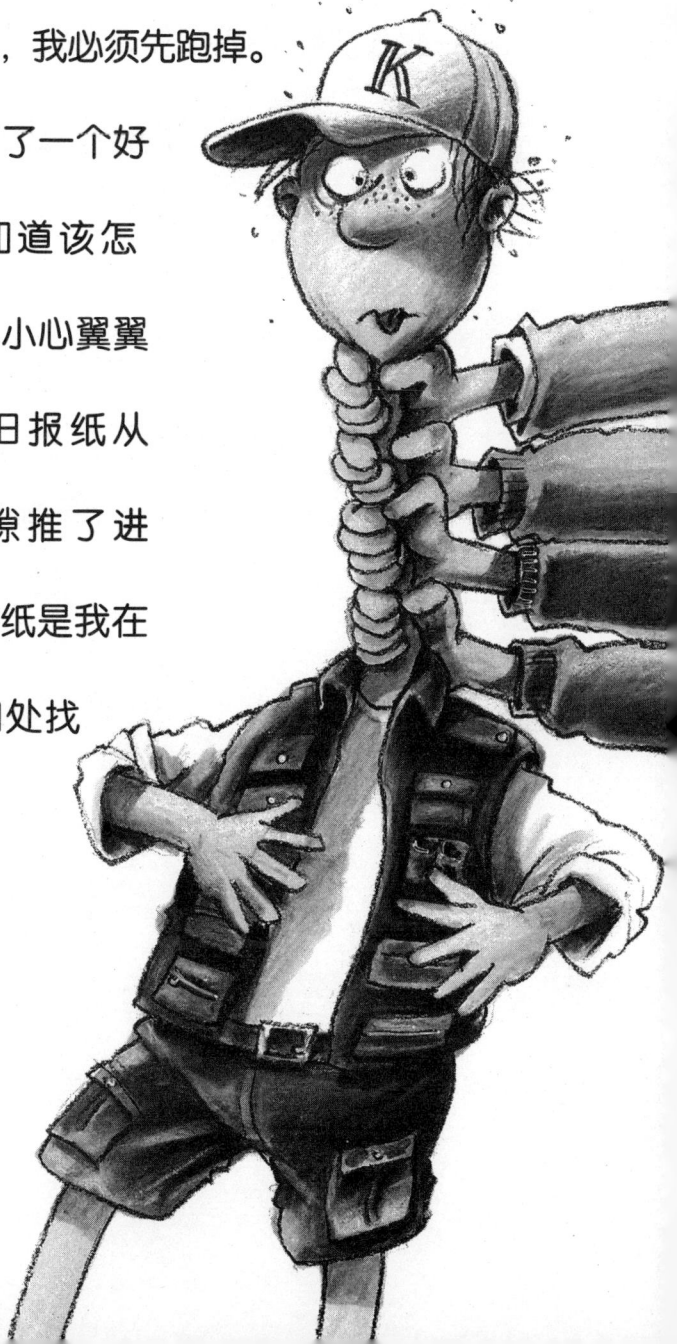

"我们要这份报纸有什么用?"
迪特尔骂道,"你应该放我们出去!"

我把钥匙放在离房门一米远的
地上:"你们可以用报纸来够钥匙。
好好玩吧!"

说完我就沿着地下室的楼梯跑
上去,一口气跑回了家。

在听我讲述案件时，坐在吉奥凡尼小店椅子上的奥尔佳和妈妈听得入了迷。妈妈甚至忘了用小勺继续吃冰激凌。当然，这时冰激凌都融化了。吉奥凡尼的妻子递给她一根吸管，这样她才能把化成水的冰激凌喝光。

"小家伙呀小家伙，"我沉默时，奥尔佳说，"这个故事确实棒极了。"

"这我完全赞同。"妈妈表示十分赞成她的看法，然后她转向我，"我根本不知道你侦查案情时是这么的危险。早知这样，我一开始就不会让你当侦探！"

奥尔佳平静地把手搭在她的手臂上。"幸亏您没这么做，克瓦特夫人。"她说，"否则，这个小家伙永远也成不了全市最出色的侦探。"

"他是吗？"妈妈问，她的脸因怀疑而变形了。

"他的确是。"奥尔佳说着，喜形于色地看着我。哦，这一刻，我真想亲亲她——尽管我曾经极力避免这种事。

"故事的后续又是如何发展的呢？"妈妈很

想知道。

我咧嘴而笑，向后靠了靠。"那四个家伙费了一小时的劲儿才从房间里出来。这是'蛇'后来跟我讲的。还有，就是他把那些樟脑球从药店里偷出来的。之后，他曾经看过的一部电影令他产生了一个想法：把这批货当作'魔球'卖出去。"

"后来呢？"奥尔佳问道，"那几个男孩出来后，又发生了什么事？哎呀，克瓦特，不要让人一点点地套你的话嘛！"

"'蛇'和他的同伙第二天中午真的到我们学校来了。我整个早晨都带着那两个我没有扔

掉的球到处跑，向学生们展示球是空的。随后
一些学生得到了退款。"

"一些学生?"妈妈吃惊地问。

我点点头:"大多数人还是不相信我。"

"怎么会有这样的人!"奥尔佳大声叫道,
引得吉奥凡尼直往我们这边看。她向他回以微
笑,直到他的妻子因吃醋而直撇嘴。

"是的，确实有这样的人。"我说，"他们对球的魔力坚信不疑。比如塞巴斯蒂安，谁也说服不了他。他傻乎乎地非说是因为那个破樟脑球自己才得到了一台电视机。"

妈妈和奥尔佳双双陷入了久久的沉默。不知什么时候，妈妈自言自语地说："所以世界上永远都有骗子。"

奥尔佳点点头："您说得对，克瓦特夫人。"然后，她转向我，"后来你和迪特尔的关系呢？"

"你知道的，"我回答，"他发誓要对我进行报复，并且有一天，你的售货亭一定会丢失卡本特牌口香糖。"

"口香糖阴谋！"奥尔佳喊道。

"很遗憾，你再也找不到像迪特尔这样的朋友了。"妈妈说。

"可是我有你们呀！"我说。

"这根本不是一回事。"妈妈反驳道，"说不定，要是你们还是朋友的话，也许，迪特尔就不会犯罪了。"

我耸耸肩："可能吧。但是，也许只是因为他爸爸离开了他妈妈，这件事对他产生了不良的影响。"

当我们告别时，奥尔佳对妈妈说："太好了，我们彼此有了进一步的了

解，克瓦特夫人。如果有一天您不想要您儿子的话，我愿意收养他。"

妈妈感到惊讶不已。"什么？"她喊道，这时她把自己良好的家庭教养抛到了天边。从小她就让我牢记：如果没听清别人讲的话，想让人家再重复一次时，应该这样问："请您再说一遍好吗？"而不是直接说："什么？"

奥尔佳的脸涨得通红："那——那——那只是一句玩笑。"她结结巴巴地说完，就快速跑向她那辆老奔驰车了。